ドキドキ新学期

4月のおはなし

はやみねかおる 作
田中六大 絵

講談社

四月《がつ》――。

さくらの花《はな》びらでピンク色《いろ》に見《み》える町《まち》を、ぼくは妹《いもうと》の春《はる》と手《て》をつないで学校《がっこう》へ行《い》く。

スキップするみたいに歩《ある》く春《はる》のせいで、ぼくの手《て》までブルンブルンゆれる。一年生《ねんせい》になったのが、よっぽどうれしいんだろう。

ぼくの名前《なまえ》は、タケシ。小学校《しょうがっこう》三年生《ねんせい》の男《おとこ》の子《こ》だ。すきなものはサッカー。見《み》るよりも、やるほうがいい。あとは、カレー。給食《きゅうしょく》で出《で》るのも、母《かあ》さんが作《つく》ってくれるのもすき。二丁目《ちょうめ》のだがし屋《や》で、買《か》い食《ぐ》いするカレーせんべいも大《だい》すきだ。

苦手《にがて》なのは、九九《くく》。とくに、8の段《だん》がさいあくだ。犬《いぬ》もダメ。ようち園《えん》のとき、近所《きんじょ》の犬《いぬ》に顔《かお》をなめられてから、ぬいぐるみの犬《いぬ》を見《み》ても体《からだ》がふるえる。それから、トマトは、苦手《にが》というより、てきだ！　これは、小《ちい》さいときに見《み》た、トマトが人《ひと》をおそう映画《えいが》のせいかもしれない。

母《かあ》さんや先生《せんせい》からは、よく「自信《じしん》を持《も》ちなさい。」といわ

れる。でも、
その「自信《じしん》」というものが
どこにあるのかわからないので、
なかなか持《も》つことができない。
毎朝《まいあさ》、ハンカチやティッシュと
いっしょにテーブルに出《だ》してくれて
あったら、ちゃんとポケットに
入《い》れてくんだけどな……。
あと、妹《いもうと》の春《はる》についても
なやみがある。
春《はる》は、天才《てんさい》なんだ。

大事《だいじ》なことなので、もう一度《いちど》書《か》いておこう。
春《はる》は、天才《てんさい》だ。

ほとんどの漢字《かんじ》を二さいでおぼえた春《はる》は、三さいまでに、家《いえ》にある本《ほん》をぜんぶ読《よ》んでしまった。

そのあとは、母《かあ》さんにつれられて近《ちか》くの図書館《としょかん》に通《かよ》った。

そして、いろんなちしきを、カメラで写真《しゃしん》をとるみたいに、頭《あたま》の中《なか》につめこんでいった。

だから、春《はる》はいろんなことを知《し》っている。さいみんじゅつのかけかたも、ロケットエンジンのしくみも、人体切断《じんたいせつだん》マジックのタネも知《し》っている。

去年《きょねん》、春《はる》は、だれにでもかみつく犬《いぬ》に「おまえは、ねこだ。」というさいみんじゅつをかけた。すると犬《いぬ》は、かりてきたねこみたいにおとなしくなった。

ぼくを使《つか》って人体切断《じんたいせつだん》マジックをやろうとしたときは、春《はる》に見《み》つからないようににげまわった。

こんな妹《いもうと》が一年生《ねんせい》になったら、なにかさわぎをおこすにちがいないというのが、ぼくのなやみだ。

だからぼくは、お兄《にい》ちゃんとして、いった。

「いいかい、春《はる》。おまえは、天才《てんさい》だから、たくさんのことを知《し》っている。でも、一年生《ねんせい》になったら、『そんなの知《し》ってるもん！』なんていわないで、おとなしく勉強《べんきょう》するんだよ。」

「は～い。」

春《はる》は、元気《げんき》に返事《へんじ》した。だからぼくは安心《あんしん》したし、春《はる》も一年生《ねんせい》の生活《せいかつ》を楽《たの》しんでいた。

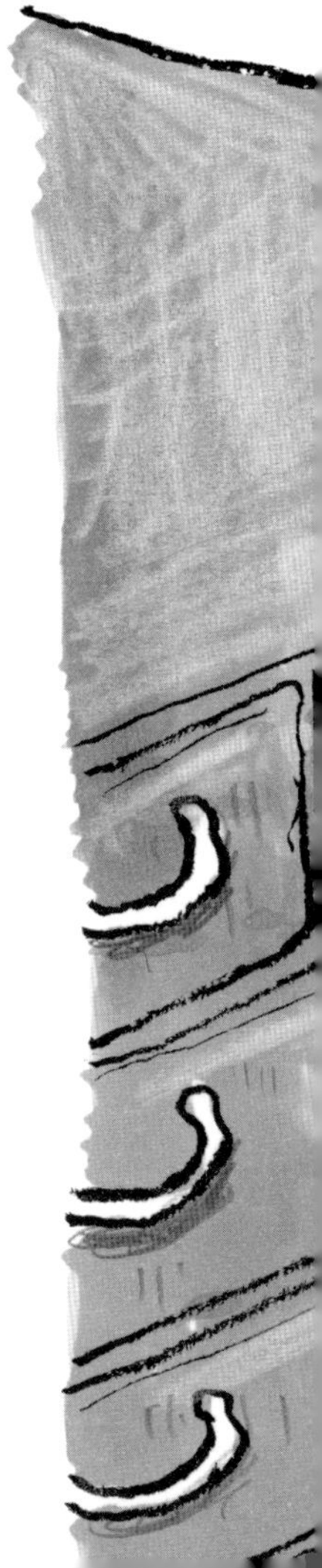

でも、けさの春《はる》は、なんだか考《かんが》えこんでいる。

「どうしたんだい？」

そうきくと、ふしぎそうにつぶやいた。

「どうして、ひらがなだけじゃなくて、カタカナや漢字《かんじ》があるのかな？」

「それは、あったほうがべんり……だからじゃないかな？」

ぼくがこたえると、春《はる》は大《おお》きな目《め》で見《み》つめてきた。

「ほんとうに、そう思《おも》うの？」

……思《おも》ってない。ほんとうは、漢字《かんじ》なんかなければいいと思《おも》ってる。だまってしまったぼくを無視《むし》して、春《はる》がいう。

「だいたい、たくさんのしゅるいの文字《もじ》がないとふべんなの

は、ゲンゴとしてミセイジュクだからなのよ。」
春《はる》は、ときどき、ぼくには理解《りかい》できないことをつぶやく。
するととつぜん、春《はる》の顔《かお》がパッとかがやく。
「いいこと考《かんが》えちゃった！」
そして、つぎの日《ひ》には、
新《あたら》しい言葉《ことば》を
作《つく》ってしまった。
日本語《にほんご》でも英語《えいご》でもなく、
『春語《はるご》』というそうだ。

「春語《はるご》はね、ひらがなやカタカナや漢字《かんじ》みたいなのはなくて、『春文字《はるもじ》』を十個《こ》おぼえるだけでいいの。」

とくいそうにいう春《はる》。

「春文字《はるもじ》は、点《てん》と線《せん》のかんたんな組《く》み合《あ》わせでできてるの。だから、すぐにおぼえられるし、とってもべんりなのよ。」

ぼくは、お兄《にい》ちゃんとしていう。

「春語《はるご》がすごいのは、よくわかったよ。でも、それを使《つか》えるのは春《はる》だけだろ。日本《にっぽん》のみんなが春語《はるご》をおぼえるまでは、めんどうでも、ひらがなやカタカナや漢字《かんじ》を使《つか》おうね。」

すると、春《はる》のほっぺたが、お正月《しょうがつ》の
おもちよりもふくらんだ。それにつづいて、

「⊙⁝¡∩∖⊙⊂⋲V∖⊍⊙」

聞《き》きとれない言葉《ことば》で、なにかいった。

「……いま、なんていったの？」

「春語《はるご》で、『アドバイスをありがとう、やさしいお兄《にい》ちゃん。』って。」

「ぼくには、『大《おお》きなおせわよ。』っていったように思《おも》えたんだけど。」

「気《き》のせいよ。」

そうこたえる春《はる》は、ぼくと目《め》を合《あ》わせようとしない。

まあ、元気《げんき》になったからいいや、
と思《おも》ってたら、つぎの日《ひ》の夜《よる》、
台所《だいどころ》のテーブルにほおづえを
ついて、また考《かんが》えこんでいる。

「どうしたの？」ときいたら、

「一年生《ねんせい》になったら、友《とも》だち百人《にん》作《つく》らないといけないの？」

と、質問《しつもん》してきた。音楽《おんがく》の時間《じかん》に、「一年生《ねんせい》になったら」の
歌《うた》をならったそうだ。

「百人《にん》はむりでも、友《とも》だちは多《おお》いほうがいいよ。」

そういうと、春《はる》はしんけんな顔《かお》で考《かんが》える。

「だけど、百人《にん》も友《とも》だち作《つく》るのは、カクリツテキにむずかし

いわ。入学式《にゅうがくしき》から一週間《しゅうかん》もたてば、日常生活《にちじょうせいかつ》で、新《あたら》しい出会《であ》いがあるなんてことはまずないもの。ということは、たった七日間《なのかかん》で百人《にん》の友《とも》だちを作《つく》らなければならないというわけ。一日《にち》あたり、約《やく》十四・三人《にん》――。」

むずかしいことを、ブツブツつぶやく。

でも、その顔《かお》がパッと明《あか》るくなった。

「そうか、めんどうなことは考《かんが》えないで、ほんとうに作《つく》っちゃえばいいのよ！」

スキップしながら部屋《へや》に行《い》こうとする春《はる》に、ぼくはきいた。

「なにをする気《き》だい？」

「ロボットの友《とも》だちを作《つく》るの。これなら、すぐに百人《にん》くらい作《つく》れるわ。」

目《め》をキラキラさせる春《はる》に、ぼくはお兄《にい》ちゃんとしていう。

「ロボットじゃ、ダメなんじゃないかな。」

「じゃあ、イデンシジョウホウをコピーして、クローンを作《つく》って――。」

「いや、そういうんじゃなくて、もっとふつうの友《とも》だちを作《つく》るべきだと思《おも》うんだ。」

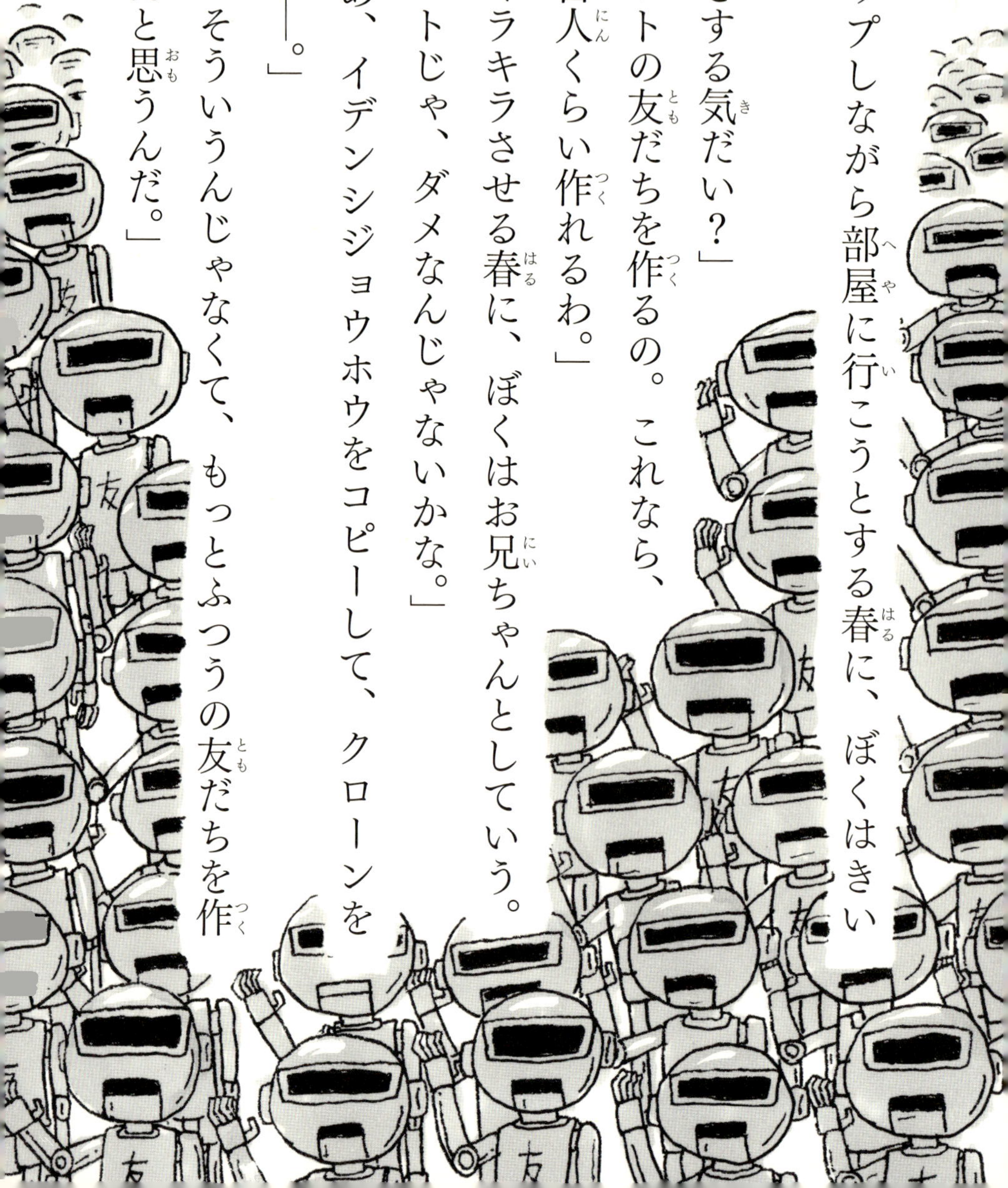

ぼくの言葉《ことば》に、春《はる》のほおがアドバルーンみたいにふくれる。

「それじゃあ、百人《にん》も友《とも》だち作《つく》れないわ。」

「いや……あれは、歌《うた》だから……。百人《にん》も作《つく》らなくてもいいから、ほんとうに仲《なか》のいい友《とも》だちをひとりでも作《つく》ったらいいと思《おも》うよ。」

ぼくの言葉《ことば》に、春《はる》は、

「は～い。」

と、ふてくされたようにうなずいた。

日本語《にほんご》をふべんな言葉《ことば》だと思《おも》ったら、新《あたら》しく言葉《ことば》を作《つく》ってしまう。友《とも》だちを百人《にん》作《つく》れないから、ロボットを作《つく》ろうとする。

——これが、春《はる》だ。

そういえば、犬《いぬ》をかいたいといいだしたときがあった。ぼくが犬《いぬ》ぎらいなので実現《じつげん》しなかったけど、春《はる》は、かわりに犬形《いぬがた》ロボットを作《つく》った。毛皮《けがわ》におおわれていない、きかいむきだしのロボットは、

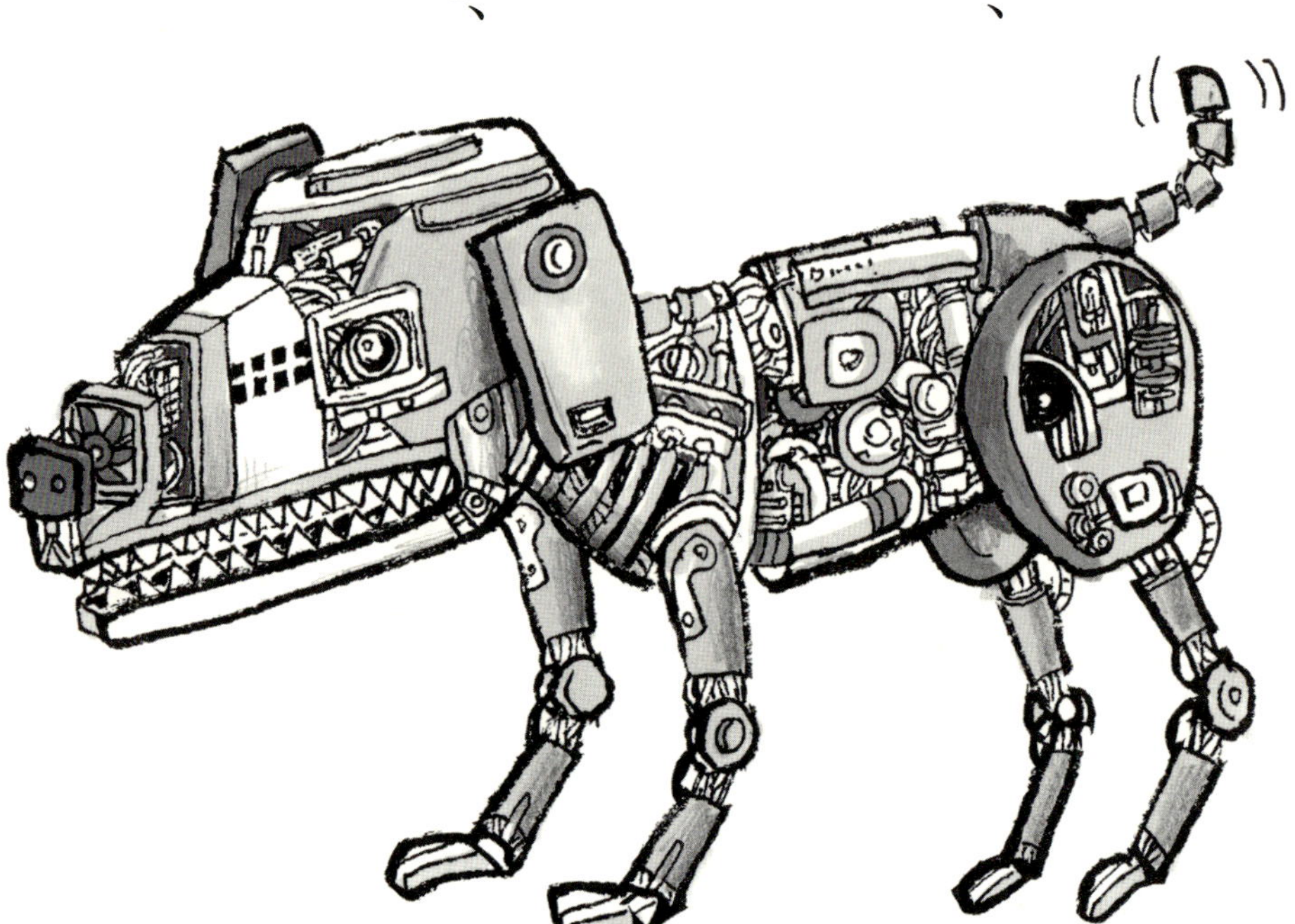

本物《ほんもの》の犬《いぬ》よりこわかった。何度《なんど》も春《はる》に頭《あたま》を下《さ》げて、犬形《いぬがた》ロボットをおしいれにしまってもらったっけ。

こんな春《はる》が、ぼくと同《おな》じ小学校《しょうがっこう》に入学《にゅうがく》してきた。

四月《がつ》――いろんなことが新《あたら》しくはじまるとき。

町《まち》には『新《しん》』という漢字《かんじ》があふれかえって、「古《ふる》いままじゃ、ダメなんだぞ。」っておこられてるような気分《きぶん》になる。

そりゃ、ぼくだって、自信《じしん》たっぷりの強《つよ》いお兄《にい》ちゃんに生《う》まれかわりたいよ。がんばろうって気持《きも》ちもある。

でも、学校《がっこう》へついてからのことを考《かんが》えると、がんばろうって気持《きも》ちはどっかへ行《い》って、かわりに、ためいきが口《くち》から出《で》てくるんだよな……。

「じゃあな、春《はる》――。がんばって勉強《べんきょう》するんだぞ。」

ぼくは、一年生《ねんせい》のげた箱《ばこ》で、お兄《にい》ちゃんとしていう。

「は～い。」

元気《げんき》に返事《へんじ》をして、教室《きょうしつ》の中《なか》に入《はい》っていく春《はる》。一年生《ねんせい》になって、一週間《しゅうかん》。ロボットではない友《とも》だちもできたようだ。

ぼくは、友《とも》だちにかこまれた春《はる》をえがおで見送《みおく》ってから、三年生《ねんせい》のげた箱《ばこ》へ。

「よお、タケシ！　サッカーやるから、早《はや》く来《こ》いよ！」

上《うわ》ぐつにはきかえてたら、太郎《たろう》に声《こえ》をかけられた。もう教《きょう》室《しつ》にかばんをおいてきたのだろう、手《て》にサッカーボールを持《も》っている。

「ああ、うん。」

ぼくが返事《へんじ》すると同時《どうじ》に、運動場《うんどうじょう》からクラスメイトの声《こえ》がする。

「おーい、タケシなんかほっといて、早《はや》く来《こ》いよ。」

その言葉《ことば》に、ぼくと太郎《たろう》はビクッとする。

「……早《はや》く来《こ》いよな。」

太郎《たろう》が、むりにえがおを作《つく》って、いった。

「うん。」

ぼくも、えがおでこたえる。でも、ぼくは行《い》かなかった。

ぼくは、サッカーがすきだ。でも、どんないいパスをもらっても、ドキドキしてシュートすることができない。

もし、シュートをはずしたら、みんなからなんていわれるか……。そう思《おも》うと、ぼくの足《あし》は、ゴールにむかってボールをけらずに、近《ちか》くのなかまにパスを出《だ》してしまうんだ。

「シュートすれば、いいんだよ。はずれても、気《き》にすんなよ。」

太郎《たろう》は、そういってくれるけど、気《き》になるものはしかたない。

教室《きょうしつ》に入《はい》ったぼくは、かばんの中《なか》のものをつくえに入《い》れて、一時間目《じかんめ》のじゅんびをする。

どうせ運動場《うんどうじょう》へ行《い》っても、あと十五分《ふん》しかあそべないし――

そんないいわけをして。

「なんだ、タケシも宿題《しゅくだい》してないの？」

算数《さんすう》の本《ほん》とノートを出《だ》したぼくを見《み》て、となりのせきのリナがいう。

宿題《しゅくだい》？　なんのことだろうと思《おも》った

つぎのしゅんかん、ぼくの顔《かお》は青《あお》くなった。

きれいにわすれてた！

「なんだ、わすれてたの？」
気楽《きらく》な声《こえ》のリナ。
「でも、だいじょうぶよ。
二年生《ねんせい》の復習《ふくしゅう》だもん。
あんなかんたんなかけ算《ざん》、
その場《ば》でこたえられるよね。」
「……………」
リナのえがおとちがって、
ぼくのえがおはかなり
ギクシャクしてたと思《おも》う。

宿題《しゅくだい》の答《こた》え合《あ》わせがはじまった。ひとりずつ、じゅんばんに答《こた》えをいっていく。

ぼくは、自分《じぶん》の前《まえ》にいる人数《にんずう》と、問題《もんだい》の番号《ばんごう》を数《かぞ》える。

そして、ホッとする。

よかった、ぼくが当《あ》たるのは4×7だ。ひとりずれてたら、つぎの8×7が当《あ》たるところだった。

よゆうの気持《きも》ちで、自分《じぶん》が当《あ》たるのを待《ま》つ。

ぼくの前《まえ》――ミノルの番《ばん》だ。

「宿題《しゅくだい》、わすれました。」

あっさりと、ミノルがいった。

ピシッと、なにかがヒビわれた音《おと》がした。たぶん、ぼくの

計画《けいかく》にヒビが入《はい》った音《おと》だ。

「いけませんね。じゃあ、タケシくん、こたえて。」

たんにんの山口先生《やまぐちせんせい》が、ぼくを見《み》る。

「……………」

ぼくは、きゅうにまわってきた8×6の問題《もんだい》を前《まえ》に、かたまってしまう。

おちつけ、おちつくんだ……。

ぼくは、自分《じぶん》にいいきかせる。そして、答《こた》えをさがす。

8の段《だん》でかくじつに知《し》ってるのは、8×4の32。だから、8×5は32に8を足《た》して40。8×6は、そこに8を足《た》して——。

ドキドキが、答《こた》えが出《で》てくるのをじゃまする。まけるもんか！

もう少《すこ》しで答《こた》えが出《で》るというときに、

「どうしたの？　タケシくんも、宿題《しゅくだい》をわすれたの？」

山口先生《やまぐちせんせい》の声《こえ》が、じゃまをした。出《で》かかっていた答《こた》えは、どこかにひっこんでしまった。

「…………」

だまりこんでしまったぼくに、

「タケシくんも、宿題《しゅくだい》をしてこなかったんですか？　わすれたのなら、正直《しょうじき》にいわないといけませんよ。」

山口先生《やまぐちせんせい》が、きびしい声《こえ》でいった。

ぼくは、うつむいたまま顔《かお》を上《あ》げることができない。

なにも書《か》いてないノートに、なみだがポツリとおちた。

三年生《ねんせい》になって、給食《きゅうしょく》の量《りょう》がふえたような気《き》がする。食《た》べても食《た》べても、なかなかへらない。

あっというまに食《た》べおわった太郎《たろう》は、食器《しょっき》をかたづけたり、予定帳《よていちょう》を書《か》いたりして、給食《きゅうしょく》しゅうりょうのチャイムと同時《どうじ》に運動場《うんどうじょう》へとびだす用意《ようい》をしている。ほかの男子《だんし》もつぎからつぎへと食《た》べおえ、サッカーの場所《ばしょ》とりをしようとしている。

ぼくは、さっきから少《すこ》しもへらない春雨《はるさめ》サラダを見《み》て、ためいきをつく。

はる
はる
はる

帰《かえ》り道《みち》、ひとりで歩《ある》いていると、太郎《たろう》が走《はし》っておいついてきた。

「朝《あさ》、なんで来《こ》なかったんだよ？」

少《すこ》しおこった太郎《たろう》の声《こえ》。

「ああ、ごめん。宿題《しゅくだい》してなかったの思《おも》いだしてさ。あわてて、やってたんだ。」

うそだ。

でも、太郎《たろう》はだまされてくれた。

「そうか……。じゃあ、今度《こんど》は来《こ》いよな。」

「うん。」

「タケシはサッカーうまいんだからさ、自信《じしん》を持《も》ってやればいいんだよ。」

「……うん。」

クラスメイトにはげまされ、ぼくは、とってもなさけなかった。

家《いえ》に帰《かえ》ると、春《はる》がねころんで本《ほん》を読《よ》んでいた。漢字《かんじ》だけの題名《だいめい》。なにが書《か》いてあるか、そうぞうできない本《ほん》だ。

「おもしろいのか？」

ぼくの質問《しつもん》に、

「うん、ユニーク。」

ボソリとこたえる春《はる》。こいつは、８×６の答《こた》えで苦《くる》しんだりしないいんだろうな……。一生《いっしょう》、ぼくみたいにドキドキすることなく、生《い》きてくんだろうな……。

「おまえはいいよな。」

思《おも》わず、ぼくはつぶやいていた。

春《はる》は、それを聞《き》いてびっくりしてる。

「どうかしたの、お兄《にい》ちゃん？」

春《はる》に見《み》つめられ、ぼくは、ポツリポツリと話《はな》しはじめた。

「ぼくは、ダメなんだ。春《はる》みたいに自信《じしん》がないから、いつも大事《だいじ》な場面《ばめん》になると、ドキドキしてなにもできなくなっちゃう。」

春《はる》は、ずっとしんけんな顔《かお》で、ぼくの話《はなし》を聞《き》いていた。そして、とつぜん、ピッカピカのえがおで、ぼくにいった。

「だいじょうぶだよ、お兄《にい》ちゃん。……ちょっとだけ待《ま》っててね。」

そういって、部屋《へや》にこもってしまった。

なんだか、モヤモヤした気分《きぶん》。どうして春《はる》に話《はな》してしまったんだろう……。ぼくが不安《ふあん》に思《おも》ってることなんて、妹《いもうと》に話《はな》すことなかったんだ。

春《はる》は、夕《ゆう》ごはんの時間《じかん》になっても、部屋《へや》から出《で》てこなかった。

ときどき、春《はる》は部屋《へや》にこもる。そんなときは、ものすごく集中《しゅうちゅう》してるので、どれだけよんでも出《で》てこない。

だから、父《とう》さんと母《かあ》さんも、なにも心配《しんぱい》していない。やりたいことをやりおえたら、出《で》てくるだろうと、気楽《きらく》な顔《かお》。

ぼくだけ、春《はる》がなにをしてるのか気《き》になってしかたなかった。

「お兄《にい》ちゃん、おきて。」

夜中《よなか》、春《はる》にゆりおこされた。

「なんだよ……。」

時計《とけい》を見《み》ると、十二時《じ》をまわってる。

なんで、こんな時間《じかん》におこされなきゃいけないんだ。

「いいもの作《つく》ったから、おきてよ。」

春《はる》が、大《おお》きな段《だん》ボール箱《ばこ》を指《ゆび》さす。

これ、れいぞうこの入《はい》っていた箱《はこ》だ。

ものおきにしまってあったはずなのに……。

「ただの段《だん》ボール箱《ばこ》じゃん。」

ぼくがいうと、春《はる》がフフフとわらった。

「ふつうの箱《はこ》じゃないよ。

これ、タイムマシンなの。」

「たいむましん……？」

ねぼけてるぼくは、『タイムマシン』と聞《き》いても、なかなかわからない。

「過去《かこ》でも、未来《みらい》でも、すきな時間《じかん》に
行《い》けるんだよ。すごいでしょ。」
春《はる》に説明《せつめい》されて、ようやくぼくもわかった。
タイムマシンだって！
「ほんとうに……本物《ほんもの》のタイムマシンなのか？」
「うん。これを使《つか》えば、お兄《にい》ちゃんの
ドキドキなんて、どっかにふっとんじゃうから。」
ぼくには、春《はる》のいってることがわからない。
「いいから、のって、のって！」
春《はる》が、ぼくを段《だん》ボール箱《ばこ》——じゃない、
タイムマシンにおしこむ。

タイムマシンの中《なか》は、ところどころにメーターやテレビみたいなものがついている。せまくて、体《からだ》を動《うご》かせない。

「お兄《にい》ちゃん、じゅんびいい？」

目《め》の前《まえ》のテレビに、春《はる》がうつった。

「いまから、お兄《にい》ちゃんを二年《ねん》前《まえ》の四月《がつ》——一年生《ねんせい》の時間《じかん》に送《おく》るから。がんばってね。」

ウフッとわらう春《はる》。

「ちょ、ちょっと待《ま》てよ。いきなり一年生《ねんせい》の時間《じかん》に送《おく》るっていわれても——。」

春《はる》は、ぼくの言葉《ことば》を少《すこ》しも聞《き》いてない。手《て》に持《も》ったきかいのスイッチをおす。

「ポチッとな。」
ぼくのいしきがきえる。

目《め》がさめたら、朝《あさ》だった。

ぼくは、段《だん》ボール箱《ばこ》——じゃない、タイムマシンから出《で》て、自分《じぶん》の体《からだ》を見《み》まわす。さっきまでと、なにもかわってない。三年生《ねんせい》のままだ。

ほんとうに、過去《かこ》の時間《じかん》に来《き》たのかな？

台所《だいどころ》に行《い》くと、母《かあ》さんがおどろいた顔《かお》で、ぼくを見《み》た。

「どうしたの、タケシ。おこさないのにおきてきて。」

いそいでごはんをよそってくれる。

「さすが、一年生《ねんせい》になっただけのことはあるわね。」

母《かあ》さんのうれしそうな声《こえ》を聞《き》いて、どうやら、ほんとうに過去《かこ》に来《き》てしまったんだと思《おも》った。

HITODE

「春《はる》は？」

「まだねてるんじゃないかしら。きのうも、おそくまで本《ほん》を読《よ》んでたし。」

すると、耳《みみ》のおくから春《はる》の声《こえ》がした。

「わたしはここにいるわ。お兄《にい》ちゃんが見《み》たり聞《き》いたりすることは、わたしもわかるようにしてあるから、心配《しんぱい》しないでね。」

「ぼくの体《からだ》やきおくは、三年生《ねんせい》のままなんだろ？　母《かあ》さん、へんだと思《おも》わないのか？」

ぼくは小声《こごえ》でいった。

「だいじょうぶ。みんなには、お兄《にい》ちゃんが一年生《ねんせい》のすがたに見《み》えてるから。」

「…………」

「さあ、ごはんを食《た》べて学校《がっこう》へ行《い》きましょう。」

いわれるまま、ぼくは朝《あさ》ごはんを食《た》べる。手早《てばや》く学校《がっこう》へ行《い》く用意《ようい》をするぼくを見《み》て、母《かあ》さんが感心《かんしん》する。

「えらいわね、タケシ。とても一年生《ねんせい》とは思《おも》えないくらい、早《はや》くじゅんびしてるじゃないの。」

こんなふうにほめられるのは、はじめてだ。いつも「早《はや》くしなさい。」といわれてばかりだから。

学校《がっこう》では、太郎《たろう》たちが校庭《こうてい》のすみでボールをけっていた。

「おーい、タケシ！　早《はや》くランドセルをおいてこいよ。サッカーやろうぜ。」

太郎《たろう》が手《て》をふる。まだ体《からだ》の小《ち》さな、一年生《ねんせい》の太郎《たろう》だ。

ぼくは、サッカーをしておどろいた。みんな、へただ……。

いや、一年生《ねんせい》なら、これがあたりまえなのかもしれない。

ぼくのパスを、だれもとれない。ボールが強《つよ》くて速《はや》すぎるというのだ。ドリブルすると、だれも止《と》めることができない。

そして、シュート！　ゴールネットにつきささるボール。

「すごいな、タケシ。」

みんなが、ヒーローを見《み》る目《め》で、ぼくを見《み》る。

勉強《べんきょう》は――いや、あれも勉強《べんきょう》なのかな？

10までの数《かず》を数《かぞ》えたり書《か》いたり。一年生《ねんせい》の算数《さんすう》って、こんなにかんたんだったっけ？

国語《こくご》も、たいくつ。みんな、ひらがなをゆっくり練習《れんしゅう》している。ぼくは、その数倍《すうばい》の速《はや》さで書《か》いてしまう。みんな、べつにゆっくり書《か》いてるわけじゃない。

あれが一年生《ねんせい》のふつうのスピードなんだ。

となりのせきのリナが、

「タケシくん、書《か》くの速《はや》いね。」

ビックリした声《こえ》でいった。

ぼくは、だんだん楽《たの》しくなってきた。

なにをするにも、よゆうがある。

つぎになにがあるんだろう？

できなかったら、どうすればいいんだろう？

——そんなことを思《おも》って、ドキドキしなくてもいい。

はじめてのことでも、「一年生《ねんせい》のやることだろ。だいじょうぶ、できるさ。」と思《おも》ったら、かんたんにできた。

ぼくは、生《う》まれてはじめて「自信《じしん》」というものがわかった気《き》がした。

給食《きゅうしょく》の時間《じかん》になった。くばられる量《りょう》が、少《すく》ない。

これなら、まっさきに食《た》べおえられる。そうしたら、早《はや》く運動場《うんどうじょう》へ行《い》って場所《ばしょ》とりをしよう。みんなでサッカーをやるんだ。

楽《たの》しい計画《けいかく》を考《かんが》えていたぼくの目《め》に、おそろしいものが入《はい》った。

お皿《さら》にのった三個《こ》のプチトマト……。

ぼくの苦手《にがて》なトマト。あのにがくてすっぱくて青《あお》くさい味《あじ》は、そうぞうしただけで気分《きぶん》が悪《わる》くなる。

「タケシ、早《はや》く食《た》べて、サッカーしようぜ。」

太郎《たろう》が話《はな》しかけてくるけど、ぼくはこたえることができな

い。三個《こ》のプチトマトが、ぼくをバカにしたように、皿《さら》をころがる。

いくらぼくが三年生《ねんせい》でも、プチトマトを食《た》べることはできない。それは、四年生《ねんせい》になっても同《おな》じ。おそらく、これからもずっと、ぼくはトマトを食《た》べることができないだろう。

「ダメだよ、春《はる》……。」

さっきまでの楽《たの》しい気分《きぶん》は、どこか遠《とお》いところへとんでいってしまった。

気《き》がつくと、ぼくは段《だん》ボール箱《ばこ》——じゃない、タイムマシンの中《なか》にいた。
春《はる》が、心配《しんぱい》そうにのぞきこんでいる。

ぼくは、タイムマシンから出《で》た。時計《とけい》を見《み》ると、真夜中《まよなか》だ。それにパジャマすがた。おかしいな、さっきまで学校《がっこう》にいたはずなのに。

「あれ……？　ぼく、いつ帰《かえ》ってきたんだ？」

春《はる》にきくと、首《くび》を横《よこ》にふる。

「お兄《にい》ちゃん、どこにも行《い》ってないよ。……これ、タイムマシンっていうのは、うそなの。」

「うそ？」

「うん。……お兄《にい》ちゃんに自信《じしん》をつけてもらおうと思《おも》って、一年生《ねんせい》の時間《じかん》にもどったっていう、さいみんじゅつをかけたの。」

……さいみんじゅつ？

さっきまでいた教室《きょうしつ》、あれは本物《ほんもの》じゃなかったのか？

「さいみんじゅつで、一年生《ねんせい》の四月《がつ》のきおくをよみがえらせたの。」

そうか……。

「じゃあ、サッカーや勉強《べんきょう》で、かっこいいところを見《み》せたのは、みんなほんとうじゃなかったんだ？」

「…………」

ぼくの質問《しつもん》に、春《はる》はこたえない。

なんだか、はらが立《た》ってきた。さいみんじゅつとは知《し》らず、ヒーローになったとよろこんでいたぼく。これじゃあ、ピエロだ。

なんで、こんなことをしたんだよ！

――春《はる》にむかってどなろうとした。

でも……。

よく考《かんが》えたら、春《はる》はぼくに自信《じしん》をつけさせようとしてやったんだ。ぼくが、もっとちゃんとしてたら、春《はる》が心配《しんぱい》することもなかったんだ。タイムマシン――じゃなくて、段《だん》ボール箱《ばこ》を見《み》る。こんなものまで作《つく》って……。

「ごめんな、春《はる》。お兄《にい》ちゃん、だいじょうぶだから。」

ぼくは、春《はる》の頭《あたま》に手《て》をおいた。

ほほえむぼくを見《み》て、春《はる》がなきそうな顔《かお》になった。

やっぱり、ぼくはダメだ。

とくに算数《さんすう》は、もうわらいだしたくなるくらいわからない。授業中《じゅぎょうちゅう》は、先生《せんせい》と目《め》が合《あ》わないように、ずっとうつむいている。

「タケシの妹《いもうと》、天才《てんさい》だって聞《き》いたぜ。勉強教《べんきょうおし》えてもらったらいいじゃないか。」

太郎《たろう》が、じょうだんっぽくいう。

でも、お兄《にい》ちゃんとして、妹《いもうと》に「勉強教《べんきょうおし》えてくれ。」とはなかなかいいにくい。

放課後《ほうかご》は、みんなから声《こえ》をかけられないよう、できるだけ早《はや》く帰《かえ》る。

みんなとサッカーをしたら楽《たの》しいだろうなという
気持《きも》ちより、パスミスしたらどうしようとか、
シュートをはずしたらどうしようという、
ドキドキした気持《きも》ちのほうが強《つよ》い。
でも、いちばん会《あ》いたくないのは、春《はる》だ。
春《はる》を見《み》たら、どうしても自分《じぶん》とくらべてしまう。
春《はる》は天才《てんさい》だ。それはよくわかってる。
そして、ぼくは天才《てんさい》じゃない。
それもよくわかってる。
わかってはいるんだけど、その現実《げんじつ》を
みとめるのは、なかなかたいへんだ。

その日《ひ》も、ぼくは足早《あしばや》に家《いえ》にむかっていた。今日《きょう》も、勉強《べんきょう》はよくわからなかった。サッカーにさそわれたけど、わらってごまかした。とにかく早《はや》く帰《かえ》ろう……。

そのとき、

「ガルルルル……。」

犬《いぬ》のうなり声《ごえ》が聞《き》こえた。それだけじゃない。うなり声《ごえ》といっしょに、女《おんな》の子《こ》のなき声《ごえ》も聞《き》こえる。——春《はる》だ！

にげだそうとしていたぼくは、春《はる》がないているほうへむかって、ひっしで走《はし》った。

路地《ろじ》を一本入《ぽんはい》ったところに春《はる》はいた。電柱《でんちゅう》のかげで、ないている。その春《はる》にむかって、きばをむいている黒《くろ》い犬《いぬ》。

ちゃんと考《かんが》えられていたのは、そこまでだった。

気《き》がついたら、ぼくは春《はる》をせなかにして立《た》っていた。

「お兄《にい》ちゃん……。」

春《はる》のなき声《ごえ》が止《と》まった。

ぼくのせなかに、しがみついてくる春《はる》。ぼくは右手《みぎて》をまわして、春《はる》の体《からだ》がはなれないようにする。

「ガルルルル……。」

犬《いぬ》が、ますますうなる。

ぼくも、にらみかえす。

犬《いぬ》が、ふらふらとゆれて見《み》える。ぼくの足《あし》がガクガクふるえてるからだ。

ドキドキは、いままでいちばん強《つよ》くなっている。心《しん》ぞうが、体《からだ》の中《なか》からとびだしそうなくらいだ。

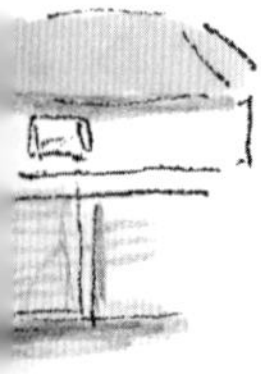

でも——。

まけるもんか！

体《からだ》はふるえてる。ドキドキは強《つよ》い。けど、気持《きも》ちはしっかりしている。

こわいとか、にげだしたいとは思《おも》わない。右手《みぎて》につたわるぬくもり——それを守《まも》りたいだけだ。

「こわくないぞ。」

ぼくは、犬《いぬ》にむかっていう。

「おまえがうなろうが、かみつこうが、ぼくはにげない。ぜったいに春《はる》を守《まも》るんだからな！」

すると、犬《いぬ》はきゅうにおとなしくなった。

しっぽをまるめると、むきをかえてにげていく。

……たすかったのかな？

犬《いぬ》のすがたが見《み》えなくなったとき、ぼくは、その場《ば》にしゃがみこんでいた。ふるえていた足《あし》に、げんかいがきたみたいだ。

心《しん》ぞうのドキドキも止《と》まらない。でもそれは、いままでのドキドキとちがって、そんなにイヤじゃない。

「だいじょうぶ、お兄《にい》ちゃん？」

心配《しんぱい》する春《はる》。

ぼくは、大《おお》きくしんこきゅう。ドキドキが、だんだん小《ちい》さ

くなっていく。

「心配《しんぱい》ないよ。」

ぼくは、春《はる》にえがおをむけた。

あのとき、ぼくはなにも考《かんが》えてなかった。いろいろ考《かんが》える
まえに、体《からだ》が動《うご》いていた。
そして、ひとつわかったことがある。
ぼくが、なかなかかっこいいお兄《にい》ちゃんだってことだ。
妹《いもうと》を守《まも》るためなら、こわい犬《いぬ》にも平気《へいき》で立《た》ちむかってい
く兄《あに》——うん、ぼくはなかなかかっこいいぞ。

それいらい、ぼくは少《すこ》しかわった。
太郎《たろう》たちとも、サッカーをするようになった。シュート
も、ガンガン打《う》っている。はずしても、「今度《こんど》は入《い》れてや
る！」と、むねをはっていようと決《き》めた。

勉強《べんきょう》も、自分《じぶん》なりにがんばるようにした。授業中《じゅぎょうちゅう》、ずっとうつむいてるのはかっこわるいもんね。

プチトマトだって、ひっしの作戦《さくせん》を考《かんが》えた。かまずにのみこむんだ。そうすれば、味《あじ》はわからない。待《ま》ってろよ、プチトマト！　今度《こんど》、給食《きゅうしょく》で対決《たいけつ》できるのが楽《たの》しみだぜ。

そう、ぼくはかわったんだ。

まちがえたり、しっぱいしても、どうどうとしていよう。そしていつも、「お兄《にい》ちゃん、かっこいい。」って春《はる》がいえるようにしよう。

そうしたら、春《はる》より先《さき》にリナが、「さいきんのタケシ、かっこいいね。」といってくれた。

そんなある日《ひ》のこと。太郎《たろう》たちとサッカーをしたぼくは、家《いえ》に帰《かえ》ったら勉強《べんきょう》をがんばろうと決《き》めていた。今日《きょう》やった虫《むし》食《く》い算《ざん》が、よくわからなかったんだ。部屋《へや》にむかおうとしたとき、母《かあ》さんがなにかをぬってるのが見《み》えた。

「どうしたの？」

ぼくがきくと、母《かあ》さんは手《て》を止《と》めずにいう。

「ぬいぐるみにわたをつめてるのよ。春《はる》ったら、中《なか》につめてあったわたを、みんなとっちゃうんだから。」

ぼくは、母《かあ》さんの手《て》もとを見《み》つめる。わたをつめられて、だんだんふくらんでいくぬいぐるみ。どこかで見《み》たことのある、黒《くろ》い犬《いぬ》のぬいぐるみ……。

ぬいぐるみ
わた

春《はる》の部屋《へや》をノックする。

「どうしたの、お兄《にい》ちゃん？」

春《はる》が、読《よ》んでいた本《ほん》から顔《かお》を上《あ》げる。

本《ほん》と、きかいの部品《ぶひん》、あとは、なにに使《つか》うのかわからないガラクタで、ごちゃごちゃの春《はる》の部屋《へや》。

目《め》の前《まえ》にいる春《はる》。天才少女《てんさいしょうじょ》。

でも、ぼくにとっては、兄思《あにおも》いの、かわいい妹《いもうと》だ。

「春《はる》――。」

ぼくは、部屋《へや》を見《み》まわしてきいた。

「まえに、犬形《いぬがた》ロボットを作《つく》っただろ。あのロボット、いま、どこにある？」

「えーっと……。すてちゃった。」
春《はる》が、ぼくと目《め》を合《あ》わさず、こたえる。

うん、やっぱりそうだったんだ。

あのときの犬《いぬ》は、春《はる》が作《つく》った犬形《いぬがた》ロボット。わたをぬいたぬいぐるみをかぶせてあったんだ。ぼくに自信《じしん》をつけさせるため、春《はる》と犬形《いぬがた》ロボットがおしばいしてたんだ……。

ぼくの心《しん》ぞうが、ドキドキしはじめる。

「あのな、春《はる》——。」

ドキドキは、止《と》まらない。でも……うん、だいじょうぶだ。

ぼくは、お兄《にい》ちゃんとしていう。

「虫食《むしく》い算《ざん》のやりかた、教《おし》えてくれないか。」

すると春《はる》は、とってもうれしそうな顔《かお》をして、

「うん！」

大《おお》きな返事《へんじ》をした。

いつのまにか、ドキドキがいっぱいだった四月《がつ》が終《お》わり、
カレンダーは五月《がつ》になろうとしていた。
ぼくは、お兄《にい》ちゃんとしてがんばっている。

（おわり）

卯月《うづき》

4月のまめちしき

エイプリル
April

「4月」にちょっぴりくわしくなる
オマケのおはなし

日本人《にほんじん》のすきな花《はな》、さくら

タケシの町《まち》には、きれいなさくらがさいていましたね。

さくらの木《き》は、日本全国《にっぽんぜんこく》にあります。春《はる》になると、いっせいにピンクの花《はな》がさいて、二週間《しゅうかん》ほどでちってしまいます。

日本人《にほんじん》は、そのみじかい間《あいだ》に、きれいなさくらの花《はな》をできるだけたのしみたいと思《おも》いました。外《そと》に出《で》て、花《はな》をながめながら、お酒《さけ》をのんだり、おだんごを食《た》べたりして、春《はる》が来《き》たことをよろこんだのです。

お花見《はなみ》をするのは、むかしも、いまも、おなじです。さくら色《いろ》、白《しろ》、緑《みどり》のカラフル

な「花見《はなみ》だんご」も、江戸時代《えどじだい》からあるそうです。きれいなさくらよりも、おいしいおだんごに夢中《むちゅう》になっている人《ひと》がいたので、「花《はな》よりだんご」ということわざができたのでしょう。

みなさんは、タケシの家族《かぞく》みたいに、お花見《はなみ》をしたことがありますか？　あれ、ここにも、お花見《はなみ》なのに、花《はな》を見《み》ていない人《ひと》がいるみたい……。

花よりだんご

見《み》てうつくしいものよりも、じっさいに役《やく》に立《た》つもののほうがいい、というたとえ。

※九州《きゅうしゅう》・中国《ちゅうごく》・四国地方《しこくちほう》では三月《がつ》に、東北地方《とうほくちほう》・北海道《ほっかいどう》では五月《がつ》にさくらがさくことが多《おお》いので、お花見《はなみ》をするのは、四月《がつ》とはかぎりません。おなじ日本《にっぽん》でも、地方《ちほう》によって、お花見《はなみ》のきせつも、すこしずつちがうのです。

新学期《しんがっき》が四月《がつ》からなのは、日本《にっぽん》だけ!?

タケシの学校《がっこう》の一年《ねん》は、四月《がつ》からはじまりました。これは、日本《にっぽん》じゅう、どこでもおなじです。でも、四月《がつ》に学校《がっこう》がはじまる国《くに》は、日本《にっぽん》のほかには、ほとんどありません。

たとえば、アメリカやヨーロッパなどの、おおくの国《くに》では、九月《がつ》が新学期《しんがっき》のはじまりです。夏休《なつやす》みが終《お》わったあとに、新学期《しんがっき》がやってきます。オーストラリアでは、一～二月《がつ》が新学期《しんがっき》。でも、オーストラリアは地球《ちきゅう》の南《みなみ》がわにあるので、一～二月《がつ》は、夏《なつ》です。やっぱり、夏休《なつやす》みのあとに、新学期《しんがっき》が来《く》るのです。

「うそをついてもいい」って、ホント!?

四月一日《がつついたち》は「エイプリルフール」。日本語《にほんご》にすると、「四月《がつ》ばか」という意味《いみ》です。

一年《ねん》で一日《にち》だけ、うそをついてもいい日《ひ》といわれていて、この日《ひ》は世界《せかい》じゅうの新聞社《しんぶんしゃ》が、読者《どくしゃ》をおもしろがらせるために、うその記事《きじ》を書《か》くこともあるんですよ。

そういえば、この本《ほん》では、四月一日《がつついたち》でもないのに、春《はる》はうそをついていました。でも、「うそも方便《ほうべん》」ということわざもあるように、いいうそだったのかもしれませんね。

うそも方便

うそをつくのは悪《わる》いことだが、時《とき》と場合《ばあい》によっては必要《ひつよう》もある、ということ。

はやみねかおる

1964年、三重県生まれ。小学校教師となり、クラスの子どもたちを夢中にさせる本をさがすうちに、みずから書き始めた『怪盗道化師《ピエロ》』で、第30回講談社児童文学新人賞に入選。「都会《まち》のトム&ソーヤ」シリーズ、「名探偵夢水清志郎」シリーズ、「怪盗クイーン」シリーズ、「虹北恭助」シリーズなどの作品がある。『恐竜がくれた夏休み』他で「うつのみやこども賞」を3度受賞。

田中六大｜たなかろくだい

1980年、東京都生まれ。『ひらけ！なんきんまめ』（作・竹下文子）で、産経児童出版文化賞フジテレビ賞を受賞。その他の作品に、『音楽室の日曜日』をはじめとする「日曜日」シリーズ（作・村上しいこ）、『しょうがっこうへいこう』（作・斉藤洋）、『おとのさまのじてんしゃ』（作・中川ひろたか）、『ともだちはわに』（作・村上しいこ）などがある。

装丁／坂川栄治＋永井亜矢子（坂川事務所）
本文 DTP ／脇田明日香

4月《がつ》のおはなし

ドキドキ新学期《しんがっき》

2013 年 2 月 25 日　第 1 刷発行
2017 年 2 月 6 日　第 2 刷発行

作　はやみねかおる
絵　田中六大《たなかろくだい》
発行者　清水保雅
発行所　株式会社講談社
〒 112-8001 東京都文京区音羽 2-12-21
電話　編集 03-5395-3535　販売 03-5395-3625　業務 03-5395-3615
印刷所　株式会社精興社
製本所　島田製本株式会社

N.D.C.913 79p 22cm　© Kaoru Hayamine/Rokudai Tanaka 2013 Printed in Japan　ISBN978-4-06-195740-4